KB168613

월요일 오전

황금알 시인선 131

월요일 오전

초판발행일 | 2016년 6월 30일

지은이 | 백선오
펴낸곳 | 도서출판 황금알
펴낸이 | 金永馥
선정위원 | 김영승 · 마종기 · 유안진 · 이수익
주 간 | 김영탁
편집실장 | 조경숙
표지디자인 | 칼라박스
주소 | 03088 서울시 종로구 이화장2길 29-3, 104호(동숭동, 청기와빌라2차)
물류센타(직송 · 반품) | 100-272 서울시 중구 필동2가 124-6 1F
전 화 | 02)2275-9171
팩 스 | 02)2275-9172
이메일 | tibet21@hanmail.net
홈페이지 | http://goldegg21.com
출판등록 | 2003년 03월 26일(제300-2003-230호)

값은 뒤표지에 있습니다.

ISBN 979-11-86547-40-3-03810

*이 도서의 국립중앙도서관 출판예정도서목록(CIP)은 서지정보유통지원시스템 홈페이지(http://seoji.nl.go.kr)와 국가자료공동목록시스템(http://www.nl.go.kr/kolisnet)에서 이용하실 수 있습니다.(CIP제어번호: CIP2016015332)

월요일 오전

백선오 시집

황금알

| 시인의 말 |

멀리서 당신을 찍는다

당신 너머로

내 이름

스쳐 지나간다

2016년 여름

백선오

차 례

1부

2부

3부

4부

1부

어중간

5대 독자 귀한 몸이라
앞장서서 데모하지 말라고 하신
부모님 때문에
맨 뒷줄에 섰다가
길이 막혀 뒤로 도는 바람에
첫 줄이 되어버려
팔꿈치에 총상 당하신 은사님
나는 어느 줄 끄트머리에서 빌빌대다
맨 앞줄이 될까
고심할 필요 없는 철저한 중간자리
뒤를 돌아도 앞으로 서도 그 자리

바람의 세기도 햇빛이 드는 양도 고만고만한

그네

바다를 맘대로 밀고 당기다
탁 놓아버리면
수평선이 춤을 추다 빗금이 된다

춘향이도 보았을까
갈매기가 거꾸로 나는 모습을

하늘이 바다를 눌러버린 풍경
바다가 하늘을 밀어버린 풍경

하늘에서 거품 뒤집는 파도가 쏟아진다

샐러리맨

숨겨진 다리가 두 개 더 있어
갈기 달린 말이 된다
하늘은 흐렸다 개고
몇 번이고 비 오고 눈 내린다

앞으로 달리는 방법만 배웠다
말굽에 금이 가고 있는 줄 몰랐다
갈기 털이 듬성듬성 빠진다

아슬아슬하게
절벽을 건너뛴 늦은 오후

날개가 돋았으면 좋겠다

오카리나

훌쩍, 나무 가지 위로 올라가
바람이 불기를 기다려요

가슴에 구멍이 둥지를 틀고 있어
바람 없인 살 수 없어요

바람이 어느 순간 심장으로
파고든다고
투덜대는 사람들이
고양이 눈을 뜨고 지켜보고 있지요

메울 수 없는
구멍 때문에
가슴에서 소리가 나요

월요일 오전

바람 분다
오래된 밤나무는
옆 쥐똥나무 향기에 밀려
제 향 펼치지 못한다

컴퓨터를 켠다

땔감용 장작 쌓으려던 유리 테라스가
봄꽃들을 끌어안고 조용하다

화면에 얼굴 하나 뜬다

온몸이 귀로 되어 있는 너
나는 가위 같은 입으로
너를 찌르고 베었다
넌 비명조차 지르지 못하고
씨익 웃음으로
네 상처를 고양이처럼 핥았겠지

너는 누구지?

검색 결과가 없습니다
무엇을 하고 있지?

검색 결과가 없습니다

고요가
자동 저장된다

먼지뿐인
아들 방에서 나온다

애인

비 오는 날
양말이 젖었다
양말을 빨고 빨아도 얼룩이 빠지질 않는다
볕에 말리면 얼룩이 날아갈 것 같아
베란다로 향한다

당신이 내게 그러했다
지워지지 않는 추억처럼
지우고 싶어 자꾸자꾸 빨다가도
차마 볕에 널지 못했다

지루하고 끈질긴 얼룩

세월이 가고
얼룩이 무늬처럼 자연스럽다가도
비가 오거나 바람 불면
느닷없이 선명해지는

비보호 좌회전

길을 잃어 잘못 들어선 골목

아침부터 술 취한 남자가 중얼대며
비척이고 있고
속옷 차림 아줌마의 늘어진 가슴이
진저리치며 악을 쓴다

구석구석 역한 쓰레기 냄새

언젠가 온 듯도 한 골목인데
쫓기듯 돌아 나오면서

난, 시침을 뗄 것이다
이런 골목을 본 적도 없다고

호모 사피엔스

운동화 끈이 풀려서
넘어질 뻔했다

허술한 손
무엇을 꼭 잡아 본 적 있었는지
헐거운 마음 사이로 빠져나간 것들
뒤늦게 허공에 대고 묶는다

몸통이 커지고
신발 끈이 또 풀린다

단단히 묶어도 자꾸 풀리는 끈

차라리 운동화 끈 빼버리고
덜걱거리는 운동화 신는다

나는 끈도 없고 줄도 없이
늘 덜걱거린다

갱년기

물 웅덩이에
발이 빠졌다
어린 날의 발로 첨벙대는데
발이 길어졌다

눈을 뜨고도
침대에서 뒹굴 수 있는 아침
그다지 먹고 싶지 않은 커피를 내리고
가장 헐렁하고 자유스런 옷을 걸치고
미뤄뒀던 책을 뒤적이고

새들이 우는 소리 가슴에 얹는다

여름도 가을도 아닌 이 계절

첫사랑

레인지 후드 속으로 새가 들어와
그악스럽게 푸드덕대는 소리 들린다

어쩔 줄 모르고 안타깝게 듣는데
계속 푸드덕거린다
후드를 살살 두드려주니
조금 잠잠해진다

살아있음의 신호인지
두려움의 소리인지
내 속에서 푸드덕대는 소리

입구와 출구를 구별할 수가 없다

나도 너에게
너도 나에게

그냥 잘못 날아왔다
날아간 것이라 치자

여행

땡 땡 건널목 차단기가 내려오자
흩날리던 낙엽이 멈칫한다
초라한 개도 멈춰 선다
단정하고 소박한 동네길 흑백으로 멈춘다

어둠이 오기 전에 목적지에 가야 한다
낯선 길 위에서도 목적이 생긴다

따라오는 개에게 기어이 돌을 던진다
바로 꼬리 내리고 도망간다
따라오던 목적을 잊은 걸까

밤이 되면 같이 어두워지는 몸뚱이

적막한 눈으로 읽어내야 하는 낯선 길
기차는 기다란 빛으로 멀어지고

프리즘

햇빛 눈부셔도 참아야 해요
내 안에 품었다가 세상으로 보내지요
오늘은 보라색이에요
주황색으로 보이고 싶었지만
발이 아파서 굴절이 잘못됐어요
빨주노초파남보
각도가 잘못될까 균형을 잘 잡아야 해요
그래도 내게 오면
빨강 주황 노랑 초록 파랑 남색 보라
다 이쁜 색이죠
회색이나 검은색은 어떡하죠
아 그래요 당신은 언제나 회색이었어요
당신에게 보여주고 싶은 색들이 너무 많았어요
균형을 잘못 잡는 나 때문인 것 같아서 마음 많이 쓰였어요
당신이 그늘에 있어서 나와는 관계없는 걸 몰랐지요
너무 늦게 알았어요
마음 아프지만 당신 덕분에 균형 잡는 연습 많이 했죠

내가 품었던 색들 빛나는 건
다 당신 때문이에요

부부

저녁밥 먹고

텔레비전은 혼자 떠들고

껍데기 하나
거실을 지나
방으로 가는데

또 다른
껍데기 하나는
방을 지나
거실로 나온다

풀씨

풀씨 하나 날아들었어요
옆구리에서 간당간당 자라더라고요
바람 부는 날 풀잎이 얼굴을 간지럽히네요
좋았어요
옆, 옆의 옆
온몸에 간지럽게 돋아나는 풀

너무 오래 서 있기만 했어요
풀잎이 허리도 만지고 팔도 잡아 당겨요
좀 앉아보라고

조그만 녀석이 가슴까지 들어왔어요
제 어미인 줄 아나 봐요
난 풀어헤칠 가슴이 없어요

쳐다보고 있어 줄 뿐이에요

숨바꼭질

우리는 쫓기듯이 만났다
마치 서로 커다란 비밀을 지켜야 되는 사람들처럼
달이 지구에 가장 가까이 온 특별한 날
달과의 거리만큼 당신과의 거리도 좁혀졌을까
달을 보라고 가리키는 당신의 손가락
당신의 손가락이 길었으면 했다
휘어져 내게 왔으면 했다
나는 선녀처럼 날개옷을 벗지 않았다
당신은 나무꾼처럼 나무를 하지 않았다
우리는 동화를 잘못 이해한다
어쩌다 가까이 오는 달

달과 당신과의 거리가 반비례한다

당신

자연스레 들락거렸던 집

문이 잠겨 있다
돌아서지 못하고
들어가지 못하고
서성거릴수록
문은 단단해지고 커지고 있다
무심하게 닫고 있는 집

문 안의 집은 커졌다 작아졌다

밖에서 기다리다
밥 짓고 빨래하며 그냥 살았다
문이 열리길 기다렸는지
문이 열렸는데 못 본건지
모른 채로 살았다

문엔 담쟁이가 소문처럼 무성하다
가을이 당도했다

2부

함박꽃

엄마가 웃는다
자꾸 웃는다

무뚝한 아버지가
웃는 얼굴이 예쁘다 했다고

엄마는
그 기억만 남아

아무나 보고
웃고
또 웃는다

달

고인 물에 풍덩
뛰어든 그대 목소리

잘게 찢기는 물결

귀에 대고 속삭이듯
선명하게 떠다니는
보고 싶다는

둥근 소리

스페이스 X

숨을 들이 쉴 때
차가운 공기가
선을 그으며 폐 속으로 들어옵니다

이만큼 살아내고도
예기치 못한 곳에서 당신과 마주칠 때
짐짓 태연해질 수 없는
당신은 뉘신가요

당신에게
손을 내밀어 볼 수 있는 나이가 지났어도
멈칫 멈칫거리는 것은
고정되지 않는 기호처럼
항상 미끄러져서
신발을 벗고 달려도
당신에게 이르지 못함을 알기 때문이지요

우주에서 유영하는 퍼즐의 한 조각 같은

당신은 언제나
내 빈 가슴 속으로
차갑게 들어오는 공기입니다

청춘

속이 훤히
들여다보인다고
안심하지 마세요

발에 채이는
흔한 유리라고
색을 맘대로 입히지 말아요

조심하세요

나는 위태롭고
예민해서 자국이 남아요

상처 때문에 굴절되면
무지개는 없어지고 말아요

딜레마

나는 날마다 집을 짓습니다
그 집은 창이 아주 조그마합니다
큰 창을 좋아하는데 그러기엔 집 짓는 실력이 모자랍니다
집안에 많은 것을 끌어들입니다
버릴 것이 많은데도 차마 버리지 못합니다
버리지 못할 이유가 막 생겨납니다
창이 작은 것이 자꾸 마음에 걸립니다
용기를 내서 창틀에 있는 벽돌을 내려놓습니다
하나를 내려놨을 뿐인데 집이 환해집니다
또 하나 내려놓으려고 벽돌을 잡지만
자꾸 마음이 움츠러듭니다
하나 내려놓는 데도 이렇게 힘이 드는데
어떤 분이 한 쪽 벽을 아예 부숴보라고 권합니다
마음을 들킨 것 같아 부끄러워집니다

개망초

내가 선 곳이 어딘지
늘 흔들립니다

언제나 그렇듯이
녹슨 빗장 덜컥거리며
자기가 바람인지 빗장인지
상관없이 돌아칩니다

만나는 것들 데리고 가다가
버리지 않으려고 잉잉댑니다
무너지지 않으려고 잉잉댑니다

바람이었구나

헤매다 돌아와도 앉지 못합니다

한 해 한 해 주름이 늘어나듯
잉잉대는 소리가 늘어납니다

너도밤나무

빈 밤송이 껍질 달고 있는
오래된 나무
회오리치는 바람에도
눈보라에도
떨어지지 않는 빈 껍질

손짓으로 하는 말
알아들었다

눈 녹은 물방울
나뭇가지에서
투둑, 떨어진다

너의 지문은 너무 복잡해

가야 할 길과
가고 싶은 길에
빈 껍질이 덜걱거린다

담쟁이

그냥
정말 그냥
당신의 손을 한번 잡고 싶었다

어쩌다 붉은 달이 뜨면
내미는 손
붉어지는 건
피가 뜨거워서가 아니고
부끄러워서도 아니고
달이 붉기 때문이다

당신도 그런건가

나도 모르게
자꾸 손을 뻗는다

사이, 사이

안개가 좀처럼 걷히지 않던 날 오후 세시
그에게서 전화가 왔다
나도 모르게
거울 앞에 선다
이렇게 문득
거울 앞으로 가게 하는
우린 어떤 사이일까
마음의 기척도 없이
발이 가는 것일까
쳇바퀴 지루한 시간

나도 모르는 비밀 숨겨놨는지
잠시 거울 앞에 그대로 서서
어떤 사이인지
끙끙대는 사이

불면

비를 맞지 않았는데
몸에서 물이 뚝뚝 떨어집니다

당신의 아이를 갖지 않았는데
배가 살구처럼 불러옵니다

바람이 불지 않는데
머리와 옷이 마구마구 날립니다

잠자리에 들지도 않았는데
긴 꿈을 꿉니다

시청 앞 3번 출구

계단 위를 헉헉거리며 오르는 눈앞에
길 양쪽으로 푸른 나무들이 보입니다
몇 계단 더 오르자
왼쪽의 돌담과 어우러져 기분 좋은 풍경으로 옵니다
덕수궁 돌담길 걸으면 헤어진다는 속설처럼
같이 걸었던 헤어진 남자가 생각납니다
이렇게 짧은 문장으로 정리될 수 있는 사람이 되고 말았습니다
울퉁불퉁 돌담처럼
오래전 감정들이 불퉁대며 끝없이 이어집니다
노랫말에도 나오는 전설 같은 길이
간단하게 정리될 수 있는 사람으로 인해 보이지 않습니다
좋은 풍경은 그 속에 사람이 있는지 없는 지로 판단되나 봅니다
부지런히 발을 옮깁니다

풍경이 된 남자를 만나러 갑니다

아들

돌배 꽃이 피었다

자꾸자꾸 쳐다보니
가슴 속에 돌배가 열린다

손을 대보지 않아도
가실 가실하게 만져지는

손끝으로 모여지는 그늘
가슴으로 번지는 단맛

사랑이었을까
욕심이었을까

허튼소리

오래전에 본 영화의 제목이 문득 궁금해질 때
줄리엣 비노쉬가 나온 영화가 블루인지 레드인지
기억이 범벅되면 회색이 된다

내가 가진 기억들은 이렇게 범벅인데
당신은 무슨 색을 기억하기 위해서 달을 보는지
당신의 눈빛은 레드였을까
당신 앞에서 나는 어떤 색으로 서 있었는지

당신과 내가 한번이라도 같은 색이긴 했을까
비가 온다

비로소
나는 회색의 자유스러움을 입기 시작한다

명왕성

너는 그렇게 가버리는 구나
내 주위에서 맴돌던 시간들을 훌훌 털고
사랑하면 별도 따다준다는 가슴 산란한 말
들은 적 없어도
몰래 너를 따왔다
그리고 하늘을 보면 따뜻했다
너의 집이므로
흐릿한 은하계의 별들이
너의 미소였으므로
환하게 퍼지던 너의 웃음으로
내게서 그늘이 떠났다
하늘은 그렇게 내 위에 있었다
존재하지도 않았던 것처럼
어느 날 자취도 없을 때
너의 눈빛을 잃어버렸을 때
그제서야
나는 무섭게 일렁이기 시작했다
처음으로 딛고 선 땅이 아득해서 두려워졌다
문득문득

자작나무 숲에 부는 바람 사이로
하늘을 올려다본다
무심하게 비어있는 집
명의만 너의 이름으로 남아있는 집
잠깐, 너로 물들어 빛나던 나를
끌어내는 일
오랜 시간이 걸린다

3부

모래성

야윈 손으로 문을 가리키며
돌아가신 아버지 때문에
집에 가야한다고

아무에게나 집으로 보내 달라고 한다

하루에도 수없이 바뀌는 집
황해도 해주
서울 효자동
인천 연수동
내 손을 잡고 보내 달라는 집은
내가 태어나지도 않았던 아주 오래전의 집

엄마를 요양병원에서 만나고 온 날 저녁

엄마의 집이 팔렸다는 연락을 받았다

동백꽃

우리 사이로

침묵이

어둠처럼
비집고 들어와도

괜찮다

소품

가게에 몇 년째 팔려나가지 못한
강아지 인형 한 마리가 있다
조그만 바구니에 앞발을 올려놓았는데
힐끔 힐끔 바깥세상을 구경만 하는 듯한
귀여운 녀석

호시탐탐 사랑을 구하면서도
당신에게 한 발 들여 놓다가
돌아서는 나처럼
내게 손 내밀다 머쓱하게 집어넣는
당신처럼

봄

눈 감고 귀 막아도
두꺼운 껍질 뚫고
올라오는 움들이 있지
당신은 그럴 수 있나
움들처럼 푸르게 내 곁으로 올 수 있나
하늘의 깊이는 아무도 모르지
색색으로 돌아오는
당신은
쿄쿄쿄 정신없이 날아다니는 새들의 소리로
답을 하고 있나
내 걷는 길 앞으로 아지랑거리는
당신은
지난 시절 나를 통과해 가버리고는

교집합

밥 먹읍시다
그만 자자
오늘 일찍 와요?
당신과 내가 합해지는 말들

의견이 달라도
숨길 필요 없고
생긴 그대로
혼자인 듯 둘이다

마음은 가깝고도 멀어
정처가 없다가도
몸은 한 몸인지
은밀하게 닿아도
은밀하지 않고

웃음 눈물 주름살
생긴 모양이 같다

하루살이

찬밥으로
남은 반찬 적당히
한 끼 때우는

활짝 웃을 마음의 여유 없고
편히 몸 펼 수 있는 여유 없는
종종거리는

무표정한

그녀에게 요일도 계절도 상관없다

그대

느슨한 실타래 다시 감기도 애매하고
그냥 풀기도 애매하지
집어 던져둔 채로 먼지만 켜켜이 쌓이고

눈 다래끼처럼 가끔 따끔거리고 걸리적거렸지

흰 벽에 거미가 기어가길래 살충제를 뿌렸지
순간 거미줄에 매달려 공중회전을 돌고 있어
거미의 발이 오그라들고 있었어

실타래는 거미줄 같이
길게 길게 나를 끌고 같이 다니지

보이면서 보이지 않으면서

거미줄 걷어내듯 실타래 풀기로 했네
풀고 또 풀고 너를 계속 풀고 있네

멀미

흐리고 비가 내리는 날

창밖의 표정은 없어지고
비만 보인다

떨어지는 비의 파문이 파문으로
정처 없이 떠돈다

지나간 것들이
거짓처럼 흩어지고
흩어지는 것들이 내려온다

내 것을 주우려고 허리를 굽힌다
손에 닿는 건
차가운 빗물
빗물이 흘러가는 방향으로

내 것이라고 생각했던 것들이 흘러간다

숨은 그림

나무들이 무성한 창 앞에 선다
빽빽한 나무 사이로 화려한 네온사인이 보인다
그 화려한 조명보다 더 울긋불긋했던 가슴이 있었다
그때 노래를 불렀던가
앞에 서 보지 못했던
다른 창이 그리워져 목이 왼쪽으로 기운다
좋아했던가
목의 기울기가 심해진다
잠근 문을 열고
방마다 불을 켠다
환해지는 것은 방 뿐 만이 아니다
기울어진 목이 환해진다
미처 잊지 못했던 것들이
목 속의 점액질처럼 끈끈하다

목이 자꾸 마르는 저녁이다

은사시 나무

밤새
어떤 입맞춤이었기에
그토록
흔들리고 있는지

마음 감출 수 없어

투명한 꽃으로
바람 소리로
온몸을 드러낸다

세월

샴 고양이 같은 얼굴로
당신이 내게 너무 빨리 오지

그 도도함은 어디에서 오는 걸까

날카롭게 마구 달려올땐
가슴이 덜컹 내려앉지
비겁해도 뒷걸음질 쳤어

당신이 발톱 세우고 지나칠 때
우물보다 깊은 상처가 되었지
마냥 서 있고 싶었어
당신의 가랑이 잡고 싶었어

휴일

익숙한 길 위로
부르튼 발이 지나가고
푸른 밤이 지나가고
거칠어진 머리카락 날리면
웃고 있는 당신이 지나가요
당신이 지나가면
쉬고 있던 소문도 지나가지요
모두가 가고 있는데
동굴처럼 깊게 비어있는 저 의자에서
잠시 몸이 꿈처럼 환해지고 있네요

네일 아트

이만오천 원으로
손톱에 왕관을 그려요
손가락이 세상의 중심
힘들이 손가락으로 모이지요

내 기대에 대하여
왕관 위에 그려질 보석들에 대하여
물이 마를 날 없었던
손톱의 어떤 풍요에 대하여
뒤늦게 알았지요

지금 나는 누구의 미래일까
왕관이 벗겨질 때까지

껍데기

노란 꽃을 말린다
버석이는 소리 방안 가득하다
아름다웠던 것들
어디로 가나
아까워
퍼런 핏줄 서도록 잡고 있다

노란 꽃 좋아 눈물 많던 친구
어디서 버석이며 살고 있는지
아까워하는 사람이랑 살고 있는지

나도 덩달아 말라가며
버석이며 잠을 청해본다

징검다리

눈을 뜨면서
생각하지
오늘은 무슨 일들을 해야 하는지

할 일만 겅중겅중 징검다리 건너듯 지내는데

오래전 언니랑 기차로 통학할 때
출발하는 기차에 나를 먼저 태우고
발을 헛디딘 언니
기차와 플랫폼 사이로 빨려 들어간 적 있었지
비명과 함께 기차는 서고
미궁 속에서 빠져나온 언니는 곧바로 기차로 올라탔던 것
그 순간에
어떻게 기차 탈 생각을 했는지
오랜 시간 지나도 가끔 궁금해지는데

내가 징검다리
건너

뛰듯
겅중겅중
사는 것
비슷하지 않을까

문득

서풍

돌이 깔린 골목 위로
동네 한 바퀴 돌듯 햇빛이 미끄러진다
빨간 벽돌집 이층 창을 열고
당신이 숨 쉬던
지구 반 바퀴 돌아온 공기를
모아서 마신다

새로 산 운동화를 신고 나섰다

골목 끝에서 만난 바다
조약돌들 위에서
컴퓨터를 하는 금발
책을 읽는 백발
누워있는 바다

스페인풍의 모자가
하늘로 날아오르다
모래밭으로 떨어져
빠르게 바다로 굴러간다

4부

약속

‘꼭’이라고 말하는
당신의 입술은
동그란 꽃입니다

마술처럼 가슴 속에
꽃이 핍니다
꽃잎들이 축제처럼 흩날립니다

오늘

식구가 줄어드니
음식물 쓰레기가 많아진다
거름망에 걸린 쓰레기들을 털다가
가슴에 걸린 찌꺼기들도
털어내고 싶어져
탁탁 치다가
거름망이 찌그러져 버렸다

거름망을 움켜쥔 오른손의 마음
주름만큼 깊다
이것도 저것도 아닌 것들이
파뿌리처럼 엉켜 떨어지지 않는다

묵묵히 거름망을 공들여 씻는다

가벼운 옷

그 옷을 입을 때마다
우연히 너를 만난다

언제부턴가
그 옷 밖에 없느냐며 핀잔을 준다

너의 말이 주렁주렁 달린 옷이다
너는 그 옷이 예쁘다고 했었다

너보다 신발에 옷을 맞춘다
뭉툭해진 신발에 옷을 맞추니

너의 말이
후두둑
나에게서 떨어져 내린다

갈등

건널목 신호등 파란 불이
세 칸
남아있다면

뛸까

말까

언니

냉동실에서 떡을 꺼내
떡볶기를 한다
어린 날 간장 떡볶이의 고소함에
엄마 속이고 사 먹던 그 당돌함을 기억해낸다
만두를 꺼내 구워 놓고 들락날락 집어 먹는다
빛나는 시절 만두에 매운 냉면 마탕을
쌓아놓고 먹던 웃음을 기억해낸다
앞집 할머니가 가져온 옥수수를 먹으며
자매가 같이 옥수수를 좋아한다는
신기했던 핏줄의 끈끈함을 기억해낸다
하루 종일 군것질로 배가 부른 날

날마다 뜨는 달이 유난히 밝다고
새삼 빗소리가 좋다고
말이 마구 하고 싶고
글이 마구 쓰고 싶고
팽팽하게 당겨지는
가슴 가득 고인 것들

서로를 이파리 같은 이불로 덮어주며
주먹밥 같은 이야기꽃을 피운다

어머니

손가락을 다쳐
연고 바르고 밴드 감는데
뻐꾸기 운다
반지처럼
약속처럼
먼 하늘로 향하는 소리

당신은 아직 먼 기억 속에 살고 있는지
그 기억 속의 나는 몇 살로 살면서
당신의 밥 먹고 있는지
당신의 초여름 날씨 같은 얼굴에
검버섯이 번지고 있는지
그믐같이 여윈 몸을
누구를 향해 뒤척이는지

당신 생각에
뻐꾸기 울고
울고
또 울고

개그

얘야 자니
아니요
피곤할 텐데 자라
얘야 자니
어서 자라
그렇게 밤이 흘러간다

어머닌 딸이랑 오랜만에 같이 자는 것이 아까워
잠 못 드신다

어머니 떠나시고
개그 프로에서 똑같이 하는데

배경소리엔 웃음이 끊이질 않는데

이른, 봄

집을 나서는 순간
새가 되어
휴대폰을 열어본다
누군가에게
빗길 자동차 소리처럼 깊숙하게
저당 잡히고

날기를 원하는

사랑

성남으로 가는 길

배꽃 피었다

너무 이뻐도

가슴이 아려온다

사월

개나리꽃이 피었습니다
개나리꽃이 눈을 지나 가슴으로 들어옵니다
선명한
봄날

거울 속의 내가 마음에 들지 않아
파마를 합니다

툭,
봄날이 부러집니다

어제

고개를 돌려보면
흙 속에 뿔고동이 산다
뿔이 뾰족하던 건 어제의 일
거친 흙이 모래인 줄 알고 산다
습한 바람 불면
몸이 먼저 젖어든다
눈 감고 바다를 부르면
깊게 울리는
낯익은 멜로디
뿔고동
흙 위에서 온 몸으로 불어본다
바다가 꽃밭으로 퍼렇게 밀려올 때

온몸이 축축하게, 한 번쯤
뿔 세웠던 날을 산다

삼류

전문적인 용어가 들어가야 해
외국어면 더욱 좋고
음악 문학 미술 철학 닥치는 대로
자기 속에서 나온 언어인양
앞뒤 맞게 써먹으려면
조금은 공부도 해야 해
옷차림도 곁눈질로 남 입은 것 따라 하고
목소리 톤도 흉내 내고
학력위조 그건 기본이야
뭐 공공기관에 내는 것도 아니고
기 안 죽으려고 하는 것 뿐 인데
거짓이라고?
물을 자격 있나?
나이도 학력도 고무줄처럼 가볍게 변칙적으로
그것도 머리 좋아야 해
여기저기 심사 꼬이는 대로 다르게 말한 걸 기억해야 하니까
가끔은 헷갈려도 괜찮아
요즘 정신 오락가락하는 사람 한둘이 아닌걸

아, 그럴듯한 사람 몇몇 알아두고 친한 척하면
더욱 그럴싸해지지
도대체 왜 그래야 되는지
이유는 묻지 마
평생 같은 사람으로 사는 게 쉬운 일이 아니야
더는 질기게 말 시키지 마
들통 나잖아

벽난로

온몸이 매캐한 연기로
가득 차 있다
굴뚝을 높이 올려도
쉽게 불이 붙지 않는다

쿨럭 새어 나오는 연기

불이 붙다 꺼진
나무도 아니고 숯도 아닌
늘 그렇듯이
거기까지가 한계인지
애꿎게 얼굴만 달아오른다

연기만 풀풀 피우는 네가 아닌
활활 타오르는 너를 훔치고 싶었던
그 겨울

연어

달리기를 못하는 나는
꼴등으로 들어오기 싫어서
일부러 빙빙 돌다 이탈을 해버렸던 것
트랙 속에 남아있는 발자국은
아직도 선명해서
발바닥은 무력해졌지

넘어지지 않을 만큼의 속력으로
다치지 않을 만큼의 높이에서
빠지지 않을 깊이로
알래스카 좁은 계곡에서
태평양 짙푸른 평생을 순례자처럼 돌아

지금 어디쯤 오고 있는가

트랙 속에 갇힌 내 발바닥처럼
혹시 어느 푸른 바다에 갇혀있지 않은지

시치미

난 새지 않는 지붕을 알고 있다
오늘 그 지붕 아래서 만두를 빚는다

꿍꿍거리며 돌아가는 냉장고처럼
바람에 덜컹거리는 문짝처럼
어디선가 새고 있을 내 몸뚱이

만두피가 터지도록 만두 속 꼭꼭 눌러 담으며
꽉 짜지 못한 만두 속처럼 질퍽대도

목련 지는
어느 봄날 오후처럼

비밀스럽게 늙을 것이다

무단 횡단

새로 산 앞치마를 입다가
문득 새댁이 되고 싶었다

반찬이 잘못될까
애타는 마음으로
설레며
아침을 질주한다

욕심처럼 반찬이 많아졌다

TV와 신문을 먹고
건널목 지나듯 익숙하게
식탁을 지나

휭
가로지르는
남편

해설

■ 해설

'존재의 집'에서 꽃피는 '실존의 나무'

— 사선의 시각으로 존재의 틈새를 읽는 혜안

김 용 길(문학평론가)

1. 시인은 '존재의 집'을 짓는다

시는 말과는 다르다. 시는 영혼이 고양되었을 때 나오는 말이다. 누군가를 사랑하는 마음이 지극해지면 사랑한다는 말을 하고 싶고 노래를 불러주고 싶다. 그때 나오는 말이 시이다. 시를 '존재의 집'이라고 정의한 독일의 철학자 하이데거Martin Heidegger는 이런 말을 했다.

"예술의 본질은 시 짓기다. 그렇다면 건축예술과 회화예술, 그리고 음악예술은 모두 시로 환원되어야 한다."

모든 예술의 중심에 시가 있다는 것이 아니라 모든 예술은 영혼이 고양된 시심詩心을 기본으로 해야 한다는 뜻일 것이다. 어찌 됐건 이쯤 되면 시인은 자부심을 가져도 좋을 것이다. 시인은 사물의 품 안으로 가라앉아 사물을 투시하면서 거기에 시라는 '존재의 집'을 짓는다.

거리, 바람, 사람들, 집, 음식, 빛, 향기, 책, 아름다운 영감이 깃든 작품…

우리는 저마다의 인생 속에서 저마다의 예술을 빚어 '존재의 집'을 짓는다.

시는 시를 쓰는 그 사람이다. 그러므로 시를 쓰는 사람은 그 시다. 시와 사람이 같을 수는 없지만 결국 그 시는 그 사람이고 그 사람은 그 시다. 스페인의 시인 비센테 알레익산드레Vicente Aleixandre는 "시는 인간임이 틀림없다. 만약 인간이 아니라면 그건 시가 아니다."라고 단언했다. 말과 행동이 다른 사람이 있듯 시와 시인이 다른 사람도 물론 있다. 담백한 성격을 지닌 시인일수록 시와 시인의 이미지가 겹친다.

시와 시인이 같다는 것은 축복이면서 어쩌면 불행일 수도 있다. 시를 읽는 사람에게 그의 영혼을 들켜버려서 숨을 곳이 없기 때문이다. 그러나 어쩌랴 시인은 그렇게 살 수밖에 없고 그렇게 시를 쓸 수밖에 없으니 그것을 천형天刑이라 했다.

시인으로서 인생의 신비와 보다 의미 있는 조우를 하지 않는다면 더 이상 시를 쓸 수 없을 것이다. 또한 시인이 이런 문제들을 의식하지 않으면서 자신의 삶을 창조하는 일은 거의 불가능하다. 그러므로 시가 모든 '존재의 집'이라는 말은 사실이다.

그렇다면 시인은 '존재의 집'을 어떻게 짓는 것일까? 미켈란젤로Michelangelo는 다비드상을 조각할 큰 대리석 덩어리에서 다비드가 아닌 부분만 쪼아내 버렸다. 그는 이렇게 말한다.

나는 큰 대리석 덩어리 속에서 선명하고 확실하게 내 앞에서 있는 조각상들을 본다. 그들은 모든 자세를 완벽히 마치고 나를 바라보고 있다. 그러면 나는 대리석 속에 갇힌 아름다운 환영들을 다른 이들의 눈에도 보이게 하려고 무거운 돌을 깎아내기만 하면 되는 것이다.

시인은 완전성을 추구하는 조각가이자 건축가이다. 시를 쓰는 의식儀式은 신비와의 조우를 재현하고 대리석 돌덩이 안에 숨어 있는 다비드를 보게 되는 것이다. 시가 할 일은 영감을 주는 것이다. 노래하는 것이다. 눈부신 희망에서부터 깊은 상실감까지 인간의 모든 삶의 영역을 표현하는 것이다. 시인은 불완전한 인간의 삶에서 완전성을 추구하는 예술가이다.

2. 시인의 가슴에서 발아하는 '씨앗'

백선오 시인의 시를 읽다 보면 시인을 한 번도 본 적이 없는 사람이라도 그 시인이 어떤 사람인지 알 수 있을 것 같다. 담백한 성격을 지닌 시인은 쉽게 흥분하거나 떠들썩하지 않고 차분하게 감정을 토로하고 있다.

지금 시를 쓰고 있는 시인의 등 뒤에서 시가 아지랑거

리며 피어오른다.

풀씨 하나 날아들었어요
옆구리에서 간당간당 자라더라고요
바람 부는 날 풀잎이 얼굴을 간지럽히네요
좋았어요
옆, 옆의 옆
온몸에 간지럽게 돋아나는 풀

—「풀씨」 부분

풀씨는 어떤 풀씨여도 좋다. 아마 민들레 풀씨였을 것이다. 화창한 봄날이 되면 가벼운 바람을 타고서 민들레씨들이 하얀 깃털을 펼치고서 어디서인지 날아온다. 풀씨는 시골이고 도시를 가리지 않는다. 시인은 '빨간 벽돌집 이층'집에 사는데 그 집 옥상이나 베란다에도 민들레 풀씨는 날아들 것이었다. 어쨌거나 '조그만 녀석이 가슴까지 들어'온다. 풀씨는 시인의 가슴에서 발아한다. 그 풀씨는 시의 씨앗이 아니었을까?

그런데 이번에는 새가 날아든다. 시인의 집 '레인지 후드 속으로 새가 들어와/ 그악스럽게 푸드덕'거린다. 간혹 새들이 건물 안으로 들어와 날아다니면 새도 사람도 놀란다. 시인에게 첫사랑은 새처럼 날아 들어와 푸드덕거린다. 시인은 그 소리를,

어쩔 줄 모르고 안타깝게 듣는데
계속 푸드덕거린다
후드를 살살 두드려주니
조금 잠잠해진다

살아있음의 신호인지
두려움의 소리인지
내 속에서 푸드덕대는 소리

입구와 출구를 구별할 수가 없다

나도 너에게
너도 나에게

–「첫사랑」 부분

시인은 그 첫사랑을 '그냥 잘못 날아왔다/ 날아간 것이라 치자'고 담담하게 이야기 하지만 청춘은 '예민해서 자국이 남'는다. 시인은 애인 때문에 '비 오는 날/ 양말이 젖었다/ 양말을 빨고 빨아도 얼룩이 빠지질 않는다'. 그 얼룩은 '세월이 가고/ 얼룩이 무늬처럼 자연스럽다가도/ 비가오거나 바람 불면/ 느닷없이 선명해'진다.

시인은 첫사랑이 '지루하고 끈질긴 얼룩'을 남기고 있는 사이에도 '날마다 집을 짓는다'. 아마 시의 풀씨가 발아해서 시인에게 시를 쓰게 하고 '존재의 집'을 짓게 하고 있는 모양이다.

나는 날마다 집을 짓습니다
그 집은 창이 아주 조그마합니다
큰 창을 좋아하는데 그러기엔 집 짓는 실력이 모자랍니다

–「딜레마」 부분

시인이 창을 자그마하게 만드는 것은 실력이 모자라서가 아니라 첫사랑 같은 새들이 날아 들어올까 봐 일부러 그렇게 만들고 있는지는 모를 일이다.

3. 시인의 집에는 나무들이 자란다

돌이 깔린 골목 위로
동네 한 바퀴 돌듯 햇빛이 미끄러진다
빨간 벽돌집 이층 창을 열고
당신이 숨 쉬던
지구 반 바퀴 돌아온 공기를
모아서 마신다

–「서풍」 부분

시인은 빨간 벽돌 이층집을 지었고 그 집에 산다. 창을 열면 '돌이 깔린 골목 위로/ 동네 한 바퀴 돌듯 햇빛이 미끄러'지는 고즈넉함이 있다. '새로 산 운동화를 신고' 집을 나서면 골목 끝에는 바다가 있는 동네다. 시인

은 그 동네에서 '지구 반 바퀴 돌아온 공기를/ 모아서 마' 시며 산다. '당신이 숨 쉬던' 그리움의 공기다.

그런데 시인의 집 마당과 마을에는 많은 나무들이 자라고 있다. 밤나무, 은사시나무, 자작나무, 사이프러스 나무…

눈 감고 귀 막아도
두꺼운 껍질 뚫고
올라오는 움들이 있지
당신은 그럴 수 있나
움들처럼 푸르게 내 곁으로 올 수 있나

–「봄」 부분

나무들이 무성한 창 앞에 선다
빽빽한 나무 사이로 화려한 네온사인이 보인다
그 화려한 조명보다 더 울긋불긋했던 가슴이 있었다
그때 노래를 불렀던가

–「숨은 그림」 부분

밤새
어떤 입맞춤이었기에
그토록
흔들리고 있는지

–「은사시나무」 부분

빈 밤송이 껍질 달고 있는
오래된 나무
회오리치는 바람에도
눈보라에도
떨어지지 않는 빈 껍질

–「너도밤나무」 부분

백 시인의 이번 시집에는 시인의 집과 마을에서 자라는 나무의 사계四季가 고스란히 담겨 있다. 나무들의 풍경은 '지구 반 바퀴 돌아온 공기' 탓인지 한국적이면서도 다소 이국적이다. 그것은 외면의 풍경 탓이기도 하겠지만 '다른 창이 그리워져 목이 왼쪽으로 기'우는 시인의 내면 풍경 탓이기도 하다. 시인은 '목의 기울기가 심해'져서 몸이 불편해질 때,

잠근 문을 열고
방마다 불을 켠다
환해지는 것은 방 뿐 만이 아니다
기울어진 목이 환해진다
미처 잊지 못했던 것들이
목 속의 점액질처럼 끈끈하다

목이 자꾸 마르는 저녁이다

–「숨은 그림」 부분

3. 틈새의 풍경을 바라보는 '실존의 나무'

세상을 살다보면 나 자신이 선택한 삶을 살고 있어도 나의 삶을 살고 있다는 생각이 들지 않을 때가 있다. 그렇다고 지금처럼 살지 않을 다른 대안도 없다. 시인은 자신의 '존재의 집'을 짓고 마당에 나무도 기르고 고즈넉하고 아스라한 이국적 동네에 살고 있다. 삶의 목표를 모두 성취한 것처럼 보이는데도 어찌된 일인지, 시인은 한없는 그리움에 잠겨 있고 때로 자신이 비참하다는 기분을 떨치지 못한다. 그러던 어느 날 밤 시인은 마당으로 내려선다.

훌쩍, 나무 가지 위로 올라가
바람이 불기를 기다려요

가슴에 구멍이 둥지를 틀고 있어
바람 없인 살 수 없어요

바람이 어느 순간 심장으로
파고든다고
투덜대는 사람들이
고양이 눈을 뜨고 지켜보고 있지요

메울 수 없는
구멍 때문에

가슴에서 소리가 나요

–「오카리나」 전문

시인의 '가슴에서 소리가'나는 것은 '메울 수 없는/ 구멍 때문'이다. 그 메울 수 없는 구멍은 왜 생긴 것일까? 그것은 '고양이 눈을 뜨고 지켜보고' 있는 타인들 때문이다. 프랑스의 철학자 사르트르Jean-Paul Sartre는 '타인은 지옥이다'라는 명제를 남겼다. '고양이 눈을 뜨고 지켜보고'있는 타인의 시선이라는 '구멍이 가슴에 둥지를 틀고 있어/ 바람 없인 살 수 없'게 만든다. 가슴에 숭숭 구멍을 뚫어 놓는 타인의 시선! 타인의 시선은 불안을 초래하고 지옥도를 그린다.

타인의 시선에 사로잡힌 삶을 사는 사람은 자기감sense of self보다는 '밖'의 세상의 움직임에 첨예한 관심을 갖는다. 그때부터 그 사람은 삶이 자신의 뜻과는 상관없이 흘러가고 꼭 남이 쓴 대본에 따라 움직이는 것 같은 느낌이 들기 시작한다. 자신의 선택이 언제나 타인들의 가치에 좌우되기 때문이다. 그 사람은 성공을 위해서 질주하고 있지만,

앞으로 달리는 방법만 배웠다
말굽에 금이 가고 있는 줄 몰랐다
갈기 털이 듬성듬성 빠진다

–「샐러리맨」 부분

타인의 시선에 사로잡힌 사람은 아주 많은 것을 타인들로부터, 또 자신으로부터도 숨겨야 한다고 믿기 때문에 '갈기 털이 듬성듬성 빠진' 것도 숨기려고만 든다. 그때부터 '나'라는 존재는 세상에 지배당하고 심지어 세상에 의해 짓밟힌다는 느낌까지 받는다. 이쯤 되면 타인이 지옥이 아니라 지옥은 자기 자신이 되고 만다. 이때 심약한 사람들은 권태의 느낌, 불안, 그리고 우울증에 빠져들고 만다. 그렇다고 타인의 시선을 벗어날 수 있는 것도 아니다. 어차피 타인 없이는 살 수 없는 것이 인간 존재 아닌가!

그런 사람은 세상을 달리 '읽는'능력을 갖추지 못한 탓에 집에 들어와도 마찬가지다. 집은 존재의 위안을 주는 곳인데 가족이 주는 위안마저도 사라지기도 한다.

여기서 자신의 영혼과 보다 깊은 관계를 맺기를 간절하게 원하는 시인은 존재의 틈새를 읽는 투사投射의 시선을 발견해냄으로서 자신 존재의 당위當爲를 획득한다.

바다를 맘대로 밀고 당기다
탁 놓아버리면
수평선이 춤을 추다 빗금이 된다

춘향이도 보았을까
갈매기가 거꾸로 나는 모습을

하늘이 바다를 눌러버린 풍경
바다가 하늘을 밀어버린 풍경

하늘에서 거품 뒤집는 파도가 쏟아진다

—「그네」 전문

난파선이라도 한 척 바닷가에 머물고 있는 듯한 풍경이 떠오르기도 하지만, 이 시에는 심오한 시선이 머물고 있다. 세상의 틈새를 읽어내는 사선斜線의 시선, 투사의 시선을 시인은 보여준다. 사선의 시선은 불안정하기는 하지만 수평水平의 안정과 평등, 그리고 수직垂直의 숭고와 장엄함을 동시에 보아버린다. 그리하여 '춘향이도 보았을까/ 갈매기가 거꾸로 나는 모습을'이라는 절구絕句를 획득하게 된다. 이 시는 백 시인이 추구하는 담백한 시세계 속에서 가장 번득이는 세계를 보여주는 아름답고 훌륭한 시다. 이 시의 빛나는 성취는 순수의 너울 속에서 언뜻언뜻 비치는 사물의 결을 놓치지 않고 바라볼 때 이루어지고 있다.

이쯤에서 타인의 시선이 주는 지옥은 사라지고, 세상의 틈새를 읽어내는 쾌감과 더불어 묘한 일탈감마저 가져다준다. 그리하여,

아슬아슬하게
절벽을 건너뛴 늦은 오후

날개가 돋았으면 좋겠다

–「샐러리맨」 부분

라고 시인은 노래한다. 이쯤 되면 세상의 틈새를 읽어버린 자의 홀가분한 일탈의 전율이 지배하는 시간이 도래한다. 이제 시인의 집에 서 있는 나무는 그냥 나무가 아니다. '투명한 꽃으로/ 바람 소리로/ 온몸을 드러'내는 '생명의 나무'다. 시인은 '훌쩍 나뭇가지 위로 올라가 바람 불기를 기다'린다. 바람이 부는 '생명의 나무'는 '실존의 나무'다.

길 양쪽으로 푸른 나무들이 보입니다
몇 계단 더 오르자
왼쪽의 돌담과 어우러져 기분 좋은 풍경으로 옵니다

–「시청 앞 3번 출구」 부분

4. 시인, 끊임없이 일탈을 꿈꾸는 자

우리는 누구나 인생이라는 극장에서 펼쳐지는 거대한 드라마의 주인공이지만, 끊임없이 일탈을 꿈꾸는 자다. 그것은 우리네 인생 무대가 본인이 만들어낸 무대가 아니고 어쩌다보니 덜컥 주인공이 되었는데 주변에는 끊임없이 희생을 요구하는 귀신들이 있기 때문이다.

세상의 틈새를 읽는 투사를 통해서 세상을 바라보는 시야는 넓어지고 편안해졌지만 주변의 '고양이 눈을 뜨고 지켜보고' 있는 시선들은 여전히 존재한다. 인간의 따로따로 떨어진 삶의 실존은 부조리 그 자체다. 정현종 시인은 '사람 사이에 섬이 있다'고 했지만 인간은 그저 따로따로 떨어진 섬인채로 바다의 온갖 파도와 풍상에 시달리는 존재다.

사람들은 누구나 가족의 속박으로부터 탈출하고 싶어 하고, 자기 자신의 욕망과 사회적 부조리와 싸우고 싶어 하면서 끊임없이 일탈을 꿈꾸고 있다.

몸통이 커지고
신발 끈이 또 풀린다

단단히 묶어도 자꾸 풀리는 끈

차라리 운동화 끈 빼버리고
덜걱거리는 운동화 신는다

나는 끈도 없고 줄도 없이
늘 덜걱거린다

–「호모 사피엔스」 부분

2만 년 전 진화를 멈춘 호모 사피엔스는 언젠가부터 신발을 신기 시작했다. 신발을 신지 않으면 거의 한 발자국도 움직이지 못하는 것이 우리네 삶이다. 신발을 신는다는 것은 사회의 일원으로서 인간의 정신의 세계로 들어간다는 것을 의미한다.

하지만 자신의 발에 맞는 신발을 신는다는 것은 생각보다 쉽지 않다. 어린 시절에는 발이 자란다는 이유로 부모들은 아이에게 큰 신발을 사준다. 그래서 '몸통이 커지고 신발 끈이 또 풀린다'. 내재된 강제력은 자신의 진정한 모습을 알고자 하는 아이에게, 우리의 무의식에게 어떤 결정적인 에너지 혹은 왜곡된 가치체계를 심어 주었다. 우리의 영혼이 기대하고 요구하는 신발은 나이가 들어서도 잘 골라지지 않는다. 그래서 우리는 딱 맞는 신발보다는 발에 익숙한 신발을 계속 신고 다니는 것이 훨씬 더 편하다. 그래서 '나는 끈도 없고 줄도 없이/ 늘 덜걱거'리는 신발을 신고 다닌다. 자아가 품은 이상과 일치하지 않는 삶을 살아가면서 그러나 시인은 세상이 가진 에너지와 비밀을 두루 간직하고 있는 자신의 진짜 모습을 깨달아가면서 세상과 '퉁'치는 기술을 배워나간다.

가끔은 헷갈려도 괜찮아
요즘 정신 오락가락하는 사람 한둘이 아닌걸
아, 그럴듯한 사람 몇몇 알아두고 친한 척하면
더욱 그럴싸해지지

도대체 왜 그래야 되는지
이유는 묻지 마
평생 같은 사람으로 사는 게 쉬운 일이 아니야
더는 질기게 말 시키지 마
들통 나잖아

—「삼류」 부분

때로 '옷차림도 곁눈질로 남 입은 것 따라 하고/ 목소리 톤도 흉내 내'지만 실존적 선택이 걸린 순간에 시인은 삶에 강한 애착을 보인다. 심리학자 칼 구스타프 융Carl Gustav Jung은 "관계를 맺지 않는 사람은 완전성을 이루지 못한다. 왜냐하면 사람은 영혼을 통해서만 완전성을 성취할 수 있고, 영혼은 언제나 '타자'에게서 발견되는 그 이면裏面 없이는 존재하지 못하기 때문이다."라고 설파했다. 나가 가서 그는 인간의 고립과 공동체의 변증법적 관계를 다음과 같이 말하고 있다.

> "개인은 외따로 떨어져 있는 존재가 아니며 이 세상에 태어났다는 사실 자체만으로도 집단적인 관계를 전제하기 때문에, 개성화의 과정은 반드시 보다 끈끈하고 넓은 집단적 관계를 낳게 되어 있으며 결코 고립을 낳지 않는다."

세상은 크고 막강한데, 인간은 나약한 존재이므로 서로서로 의존해야 하는 존재라는 메시지다. 그러나 '온몸이 축축하게, 한 번쯤/ 뿔 세웠던' 청춘의 삶을 살고 싶은 것이 또한 인생이다. 그럴 때 우리에게는 여행이라는 무기가 있다. '뿔이 뾰족하던 건 어제의 일/ 거친 흙이 모래인 줄 알고'살지만 여행을 떠나면 모든 것이 새롭고 낯설고 청춘이 되돌아온 듯하다.

> 적막한 눈으로 읽어내야 하는 낯선 길
> 기차는 기다란 빛으로 멀어지고
>
> –「여행」 부분

> 눈 감고 바다를 부르면
> 깊게 울리는
> 낯익은 멜로디
> 뿔고동
>
> –「어제」 부분

그렇다. 청춘의 뿔고동 소리가 들려온다. 뿔고동 소리는 시인의 가슴을 아련하게 울리면서 새로운 차원의 삶의 여행을 시작하라고 부추기고 있다. 여행 중에 시인은 현실의 냄새나는 골목을 떠나 '길을 잃어 잘못 들어선 골목'도 만나고, '언젠가 온 듯도 한 골목'도 만나고, 골목 끝에서 추억처럼 새로운 바다를 만나기도 할 것이다. 골목은 추억이다. 추억일 때 모든 것은 아름답다. 골목이 추억이 되려면 여행의 향수가 묻어 있어야 한다. 여행을 통해서 시인은 끊임없이 일탈을 꿈꾸고, 많은 것을 경험하게 되고, 의식의 성장을 이루고 시야가 아주 넓게 열리는 것을 확인하게 될 것이다.

5. 집으로 돌아오는 길에 서 있는 '실존의 나무'

여행을 마치면 우리는 집으로 돌아가야 한다. 돌아갈 집이 있다는 것은 돌아갈 곳이 없는 것보다는 덜 끔찍하다. 여행 중에 객사를 할 수는 없지 않은가! 그러나 돌아가기가 저어스러울 때도 많다.

> 저녁밥 먹고
>
> 텔레비전은 혼자 떠들고
>
> 껍데기 하나
> 거실을 지나
> 방으로 가는데
>
> 또 다른
> 껍데기 하나는
> 방을 지나
> 거실로 나온다

–「부부」 전문

껍데기끼리 다시 부벼대는 삶이 끔찍할 수도 있으리라. 여기서 헤르만 헤세Hermann Hesse의 다음 글은 우리에게 많은 시사를 준다.

> "우리는 집에 닿기 전에 온갖 지저분한 일과 거짓말에 걸려 넘어지곤 한다. 우리에겐 길을 안내해 줄 사람이 하나도 없다. 우리의 유일한 안내는 오로지 우리의 향수이다."

그렇다. 우리는 이 영적 향수가 있기에 우리는 인생의 여행을 떠나고, 그 여행은 우리에게 다시 한 번 진정한 삶을 살 기회를 준다. 시인은 집으로 돌아오는 길에 다시 한 번 영적 향수에 잠기는 시간을 가진다. 고요한 밤, 하늘에 달은 떠 있고,

고인 물에 풍덩
뛰어든 그대 목소리

잘게 찢기는 물결

귀에 대고 속삭이듯
선명하게 떠다니는
보고 싶다는

둥근 소리

—「달」 전문

어린 시절 던졌던 돌멩이 때문에 물가에 물수제비가 번져나가듯 달의 둥근 무늬가 파동으로 번진다. 틈새를 읽는 시인의 시선은 청각 쪽으로도 열려서 '둥근 소리'는 고막을 간지럽힌다. 집으로 돌아오는 길에는 동백꽃도 피어 있다.

우리 사이로

침묵이

어둠처럼
비집고 들어와도

괜찮다

—「동백꽃」 전문

동백꽃 알싸한 향을 맡으면서 '껍데기'는 '껍데기'를 생각하는 모양이다. 그러나 기도처럼 침묵이, 침묵처럼 어둠이, 기도의 응답처럼 어둠이 내 안으로 비집고 들어와서 내 안이 환한 동백꽃! 동백꽃 천지다!

집으로 돌아오는 길에 만난 동백나무는 내 안에 불을

켜든 또 다른 '실존의 나무'다. 그리하여 '껍데기'는 집으로 돌아온다.

노란 꽃을 말린다
버석이는 소리 방안 가득하다
아름다웠던 것들
어디로 가나
아까워
퍼런 핏줄 서도록 잡고 있다

노란 꽃 좋아 눈물 많던 친구
어디서 버석이며 살고 있는지
아까워하는 사람이랑 살고 있는지

나도 덩달아 말라가며
버석이며 잠을 청해본다

–「껍데기」 전문

집으로 돌아온 시인은 여행의 향수를 가슴에 안은 채로 다시 소소한 일상으로 돌아온다. 미국의 소설가 헨리 밀러Henry Valentine Miller는 "사소한 것에 주의를 기울이다 보면 신비롭고 놀라우며 감동적인 세계가 열린다"고 했다. 내 안에 불을 켜든 '실존의 나무' 덕분에 시인은 사소한 것의 사소하지 아니함에 감사하면서 소소한 일상으로 돌아온 행복을 느끼며 '월요일 오전'을 맞이한다.

바람 분다
오래된 밤나무는
옆 쥐똥나무 향기에 밀려
제 향 펼치지 못한다

컴퓨터를 켠다

땔감용 장작 쌓으려던 유리 테라스가
봄꽃들을 끌어안고 조용하다

화면에 얼굴 하나 뜬다

온몸이 귀로 되어 있는 너
나는 가위 같은 입으로
너를 찌르고 베었다
넌 비명조차 지르지 못하고
씨익 웃음으로
네 상처를 고양이처럼 핥았겠지

너는 누구지?

검색 결과가 없습니다
무엇을 하고 있지?

검색 결과가 없습니다

고요가
자동 저장된다

먼지뿐인
아들 방에서 나온다

–「월요일 오전」 전문